île Maurice

Cap Malheureux

Grande Baie

île D'ambre

Triolet

Poudre d'or

Pamplemousses

Flacq

Terre Rouge

Port-Louis

Centre
de Flacq

Beau-Bassin
Quatre Bornes

Vacoa-Phoenix

Curepipe

Flic-en-Flacq

Tamarin

Rose Belle

Mahébourg

Chemin Grenier

Soulliac

D1379012

île Maurice

Madagascar

**Données de catalogage
avant publication (Canada)**

Les Éditions Origo
Les aventures de Cosmo le dodo de l'espace^{MC}
Concept original de Pat Rac

La recherche du joyau
2ᵉ édition
D'après une idée originale de Alexandre Racine
Illustrations : Pat Rac
Collaboration à la rédaction : Isabelle Houde
Vérification des textes : Neijib Bentaieb

ISBN 13 : 978-2-923499-04-8   ISBN 10 : 2-923499-04-2

Directeur littéraire : François Perras
Direction artistique : Racine & Associés
Infographie : Racine & Associés
Capital de risque : Technologies HumanID

Dépôt légal :
Bibliothèque nationale du Québec, 2008
Bibliothèque nationale du Canada, 2008

Les Éditions Origo
Boîte postale 4
Chambly (Québec) J3L 4B1
Canada
Téléphone : 450-658-2732
Courriel : info@editionsorigo.com

Imprimé au Canada

Gouvernement du Québec – Programme de crédit d'impôt
pour l'édition de livres – Gestion SODEC

À tous les enfants de la Terre!

LES AVENTURES DE
Cosmo
LE DODO DE L'ESPACE MC

Concept original de Pat Rac

ZZZzzz!

La recherche du joyau

ÉDITIONS
origo

– **Vie à l'horizon! Vie à l'horizon!** crie joyeusement 3R-V, le vaisseau-robot.

Cela a pour effet de réveiller notre ami Cosmo, le dodo de l'espace, qui s'est endormi aux commandes de son vaisseau. Nos deux héros ne croisent plus aucune planète depuis un bon moment déjà.

– Ça m'a tout l'air d'être une très belle planète, répond Cosmo. Prépare-toi à te poser!

– D'accord Cosmo, je sors mes dodos-pattes et tout se passera en douceur!

Pourtant, 3R-V a beaucoup de difficulté à placer ses dodos-pattes sur la planète.
Le sol est étrangement parsemé de trous!

3R-V repère finalement un endroit pour se poser. Cosmo est très excité d'avoir enfin trouvé une planète! Sans plus attendre, il descend de son vaisseau.

– Cette planète est splendide, s'exclame Cosmo. Il y a sûrement des dodos qui habitent ici!

– Je ne sais pas s'il y a plusieurs dodos ici, mais je constate qu'il y a plusieurs trous, dit à son tour 3R-V. Je me demande bien pourquoi!

Soudain, la planète tremble!

Courageusement, Cosmo avance de quelques pas.
Une longue fissure apparaît sous ses pattes. Une énorme vrille sort du sol!
Cosmo est très surpris. 3R-V se cache loin derrière, terrorisé.

Que se passe-t-il donc?

Cosmo tombe nez à nez avec une drôle de créature. Notre héros n'a même pas le temps de se présenter que l'étrange personnage déclare :

– Vous êtes sur mon territoire ici! Si vous êtes venus pour le joyau, sachez qu'il est à moi!

– Mais quel joyau? répond Cosmo.

– Vous ne connaissez donc pas la légende du joyau?

Cosmo et 3R-V se regardent un instant, étonnés.

– Non, nous ne connaissons pas cette légende, répond Cosmo.

– Tout est dans ce parchemin. Mon arrière-arrière-arrière-grand-père,
Tornu 1er, a découvert un fabuleux trésor. C'est un gros joyau,
disait-il, le plus énorme jamais trouvé.

Cosmo et 3R-V sont attentifs.

– Tornu 1er a décidé de cacher ce trésor sur cette
planète. Ce joyau est mon héritage. Mais voilà,
je n'ai pas la moindre idée où il se trouve,
raconte le curieux personnage.

– Si je comprends bien, c'est pour ça que tu creuses ta belle planète, dit Cosmo.

– Au fait, qui es-tu? ajoute 3R-V, impressionné.

– Je suis Tornu 6ᵉ, et il n'y a que ma famille qui habite ici. Et vous?

Déçu, Cosmo réalise qu'il n'y a pas de dodo sur cette planète.

– Je suis Cosmo le dodo de l'espace.
  Lui, c'est 3R-V, mon vaisseau-robot.

– Vous m'excuserez Cosmo et
3R-V, mais je dois continuer
à chercher le joyau. Je sens
qu'il est tout près!
s'exclame Tornu.

Aussitôt, il se remet à creuser.

– Je sens que nous sommes plus près de la catastrophe que du joyau!
dit Cosmo. Si nous ne faisons rien pour arrêter Tornu, sa planète se
retrouvera en mille morceaux!

3R-V n'ose pas regarder.

– Je n'ai pas du tout envie d'être là quand ça va arriver!

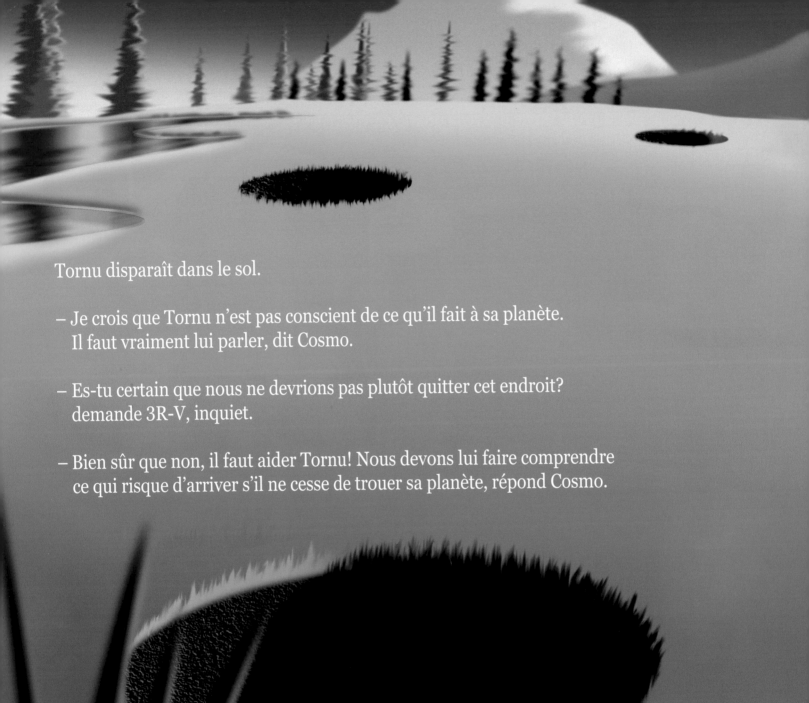

Tornu disparaît dans le sol.

– Je crois que Tornu n'est pas conscient de ce qu'il fait à sa planète.
Il faut vraiment lui parler, dit Cosmo.

– Es-tu certain que nous ne devrions pas plutôt quitter cet endroit?
demande 3R-V, inquiet.

– Bien sûr que non, il faut aider Tornu! Nous devons lui faire comprendre
ce qui risque d'arriver s'il ne cesse de trouer sa planète, répond Cosmo.

– Mais, comment lui parler? demande 3R-V. Il est toujours dans le sol et c'est impossible de savoir où il va apparaître.

– J'ai une solution. 3R-V, nous repartons dans l'espace. Nous aurons une meilleure vue pour trouver Tornu!

C'est ainsi que nos deux amis se retrouvent dans l'espace.
Ils tournent et tournent encore autour de la planète.
Tornu tarde à se montrer le bout du nez!

– NOM D'UN DODO DODU DORMANT AVEC UNE DOUDOU!
s'écrie Cosmo. D'ici, nous voyons dans quel état est sa planète!

– Tu as raison, Cosmo. Ce Tornu est vraiment tordu! ajoute 3R-V.

– Il faut absolument emmener Tornu ici pour qu'il constate
à quel point sa planète est fragile!

Cosmo aperçoit enfin Tornu.

– Regarde 3R-V, voilà Tornu. Fonce, avant qu'il ne reparte creuser!

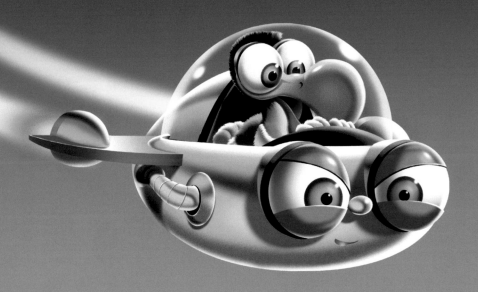

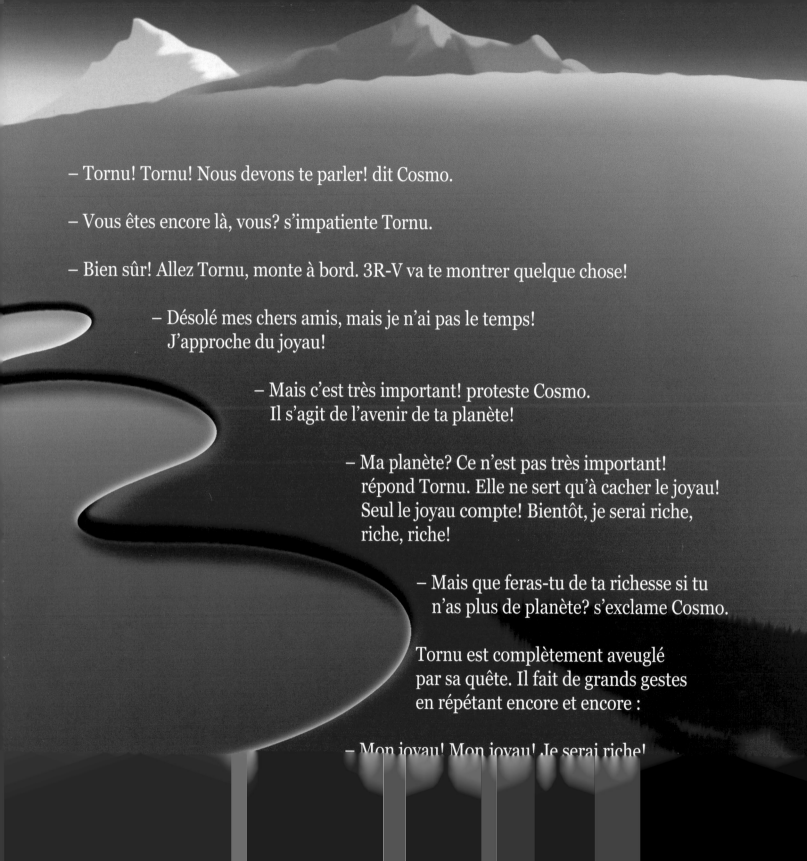

– Tornu! Tornu! Nous devons te parler! dit Cosmo.

– Vous êtes encore là, vous? s'impatiente Tornu.

– Bien sûr! Allez Tornu, monte à bord. 3R-V va te montrer quelque chose!

– Désolé mes chers amis, mais je n'ai pas le temps!
J'approche du joyau!

– Mais c'est très important! proteste Cosmo.
Il s'agit de l'avenir de ta planète!

– Ma planète? Ce n'est pas très important!
répond Tornu. Elle ne sert qu'à cacher le joyau!
Seul le joyau compte! Bientôt, je serai riche,
riche, riche!

– Mais que feras-tu de ta richesse si tu
n'as plus de planète? s'exclame Cosmo.

Tornu est complètement aveuglé
par sa quête. Il fait de grands gestes
en répétant encore et encore :

– Mon joyau! Mon joyau! Je serai riche!

Tout à coup, Cosmo a une idée géniale.

– Tornu, nous savons où est le joyau. N'est-ce pas, 3R-V?

– Heu, je... non. Cosmo, je ne sais pas où est le joyau!

– Bien sûr que tu le sais 3R-V, dit Cosmo. Le dodo fait de grands gestes
pour que 3R-V comprenne qu'il doit emmener Tornu dans l'espace.

Tornu devient encore plus excité.

– Êtes-vous certains de connaître la cachette
du joyau? Dites-moi où il est, je vous en prie!

– Si tu embarques dans mon vaisseau, suggère Cosmo, tu découvriras le joyau plus rapidement.

– C'est d'accord! Vite! Volons jusqu'au joyau!

Tornu prend place à bord de 3R-V. Cosmo souhaite grandement que Tornu change de comportement vis-à-vis sa planète.

3R-V s'envole à toute allure vers l'espace.

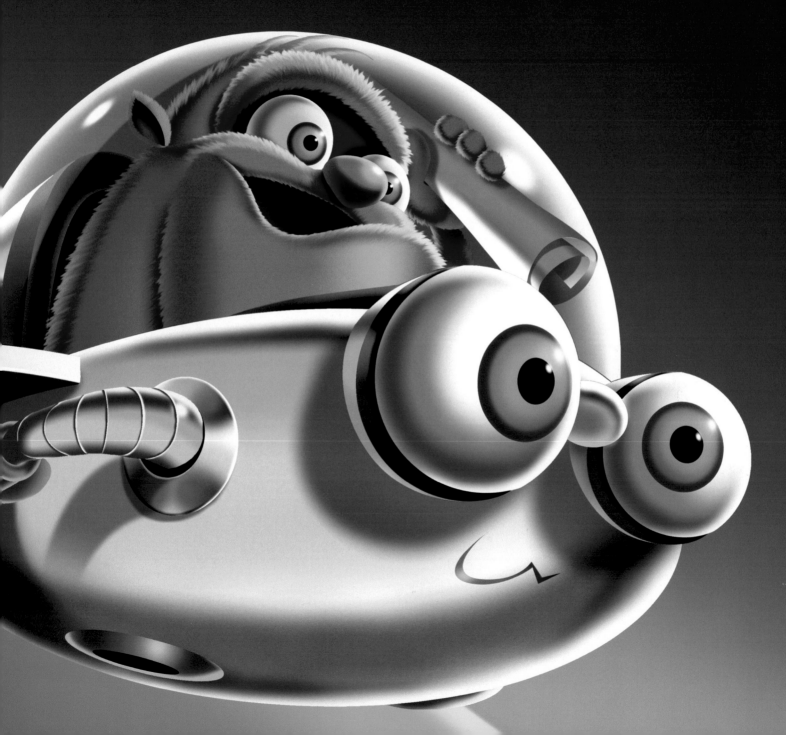

Tornu est impatient et ne comprend pas où va 3R-V.

– Que faisons-nous ici? Je n'ai pas de temps à perdre à faire
une promenade dans l'espace.

– Cosmo veut que tu voies par toi-même à quoi ressemble maintenant
ta planète avec ta quête du joyau, réplique 3R-V.

Tornu constate l'étendue des dégâts.

– Cosmo a raison : je détruis ma planète! Mais mon joyau, mon joyau,
je veux mon joyau. Que vais-je faire?

Au même moment, Tornu remarque quelque chose d'étrange...

– 3R-V, emmène-moi plus loin, ordonne Tornu.

– Pour quelle raison? demande 3R-V.

– Ne pose pas de questions et emmène-moi
plus loin! insiste Tornu.

3R-V lui obéit.

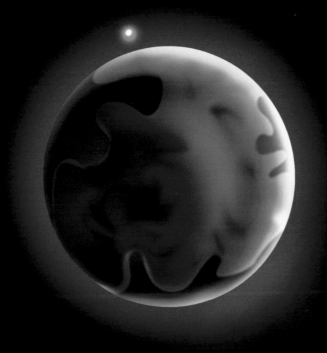

De l'endroit où Tornu se trouve, la planète est toute petite.

– C'est incroyable, cela correspond bien à la définition que mon
    arrière-arrière-arrière-grand-père a faite du joyau!
    Très rond, d'un vert très pur et parsemé de taches bleutées.

Tornu déroule alors son précieux parchemin contenant la légende,
quand soudainement...

– **J'ai trouvé le joyau! J'ai trouvé le joyau! Le joyau, c'est ma planète!**
    s'écrie Tornu, euphorique.

– Cosmo! Cosmo! j'ai découvert mon joyau! s'exclame Tornu.

Complètement abasourdi, Cosmo demande des explications.

– Voilà! dit Tornu. Tu avais raison Cosmo. Une fois dans l'espace, j'ai vu dans quelle condition est ma planète. J'ai aussi découvert le fameux joyau de mon héritage. Regarde ma légende! C'est exactement comme le dessin de mon arrière-arrière-arrière-grand-père. Tu vois, ma planète est le joyau!

Tornu reprend son souffle. Il ajoute ensuite :
– Vite, au travail, je dois boucher tous ces vilains trous!
Ma planète est le véritable joyau et je veux maintenant la protéger!

33

Ému, Tornu remercie ses nouveaux amis.

– Vous avez su me faire comprendre où se trouve ma véritable richesse!
  Je me souviendrai toujours de vous comme des héros. Encore merci!

Cosmo est très heureux de la tournure des évènements.

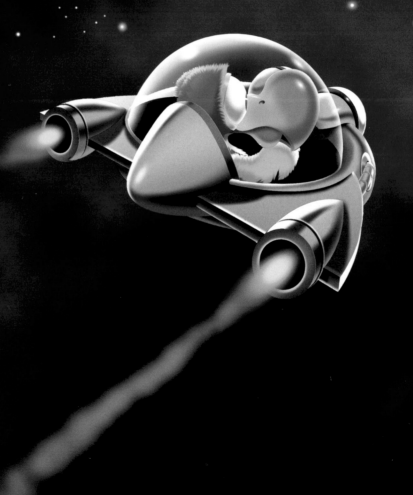

Réalisant que Tornu prendra soin de son environnement, Cosmo quitte la planète aux commandes de 3R-V.

Nos deux amis n'ont pas trouvé d'autres dodos, mais ils gardent espoir.

– J'espère que ça ne prendra pas autant de temps avant que nous découvrions une autre planète, cette fois! déclare Cosmo.

– Moi aussi, rajoute 3R-V. Je n'aime pas avoir un pilote qui dort aux commandes!

1- Est-ce qu'il y a des gens autour de toi qui ne font pas attention à ta planète? Pourquoi?

2- Selon toi, que peux-tu dire aux gens pour les aider à comprendre l'importance de faire attention à ta planète?

3- Quels gestes fais-tu pour protéger ta planète?

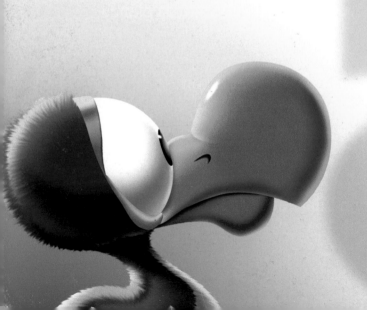